おはなし日本文化

和食

ぼくらのお祝《いわ》いごはん

落合由佳《おちあいゆか》 作　井田千秋《いだちあき》 絵

講談社

台所のコンロの上で、火にかけた鍋《なべ》がごぽごぽいっている。

茶色と黒が交じって、どろっとした液体《えきたい》をおたまでかきまぜていると、

「和《なごむ》、そんなところで何やってるの？」

買い物から帰ってきた母さんがおれの手元をのぞきこんで、ぎゃっと声を上げた。

「ちょっと、何これ」

「だし汁《じる》、になりそこなった汁《しる》」

「だしって、ふつうはかつおぶしとか昆布《こんぶ》で取るんだよ。なんで海苔《のり》を入れちゃったの」

「うちに昆布《こんぶ》がなかったから」

昆布《こんぶ》も海苔《のり》も海藻《かいそう》だし、いける！と思ったんだけどな。鍋《なべ》の中はかつおぶしと溶《と》けた海苔《のり》がいっしょくたになって、デロデロ。見るからに失敗だ。

母さんはため息をついて、コンロの火を止めた。

「なんでまた急に、だし汁《じる》を作ろうと思ったのよ」

「来月、学校の料理クラブで六年生の卒業お祝い会やるんだ。その準備《じゅんび》っていうか、試作」

卒業お祝い会は、料理クラブで毎年恒例《こうれい》のイベントだ。六年生メンバーのリクエストに応《こた》えて、四・五年生が作るメニューを決めて、必要な準備《じゅんび》をする。当日はみんなでわいわい料理をして、食べて、六年生の卒業を祝う。

今年の六年生メンバーからのリクエストは、『和食』だった。

「それで、和たちは何を作ることにしたの？」

「まだ決まってない。今日、おれがまとめ役になって、下級生メンバーで話し合いはしたんだ。でも全然いいアイディア出なかったし、空気もビミョーになっちゃってさ」

六年生メンバーからのリクエストを聞いて、おれたち下級生はざわついた。料理クラブに入ってからこれまでに作ったのは、スイーツとかサンドイッチみたいな軽食ばかりで、和食らしいものは全然作ってこなかったから。

とりあえず、おれたちは思いついたメニューを言い合った。和食といえば、にぎり寿司《ずし》かお刺身《さしみ》！　って意見がまず出たけど、学校では生ものを使えないからだめ。ラーメンやカレーは、和食なのかどうかあいまいだ。しまいには『もう鯛焼《たいや》きでいいじゃん！　めでたい焼きだよ！』としょうもないダジャレを言い出すやつもいて、雰囲気《ふんいき》はぐだぐだ。

『和くん、どうしよう？』

みんなから見つめられて、おれ、つい言っちゃったんだ。

『しょうがねーな。卒業祝いにぴったりの和食メニュー、おれが考えてきてやるよ！』

って。

なんのアイディアもなかったけど、『和食＝だし』っていうイメージだけはあった。だからだしを取ってみれば何かヒントになるかと思って、実行に移《うつ》したってわけだ。

話を聞いた母さんは、「また調子のいいこと言っちゃって」と肩《かた》をすくめた。

「でも、料理クラブの六年生には大《だい》ちゃんがいるんだもんね。和が張《は》り切《き》るのも当然か」

「まあね。やっぱり最後は、ぱーっと祝ってやりたいじゃん」

大ちゃんは、おれの一つ年上の幼《おさな》なじみだ。家が近所で、小学校に上がる前からずっと仲よくしてる。名前のとおり体が大きいのは、家でおいしいごはんをもりもり食べているからだろうな。大ちゃんの家、米農家だし。

卒業したら、大ちゃんは遠くにある私立《しりつ》の中学に行くらしい。おれたちがいっしょの学校に通うのも、あと少しでおしまいなんだ。

「とにかく、早くメニュー考えないとな。いろいろ条件《じょうけん》もあって大変なんだよ。生ものを使わずに、みんなが持《も》ち寄《よ》れそうな材料で、クラブ活動の時間内に作れて、そんでもってお祝いっぽい和食がいいんだけど……」

言いながら、ふと疑問《ぎもん》がわいた。

そもそも『和食』って、なんなんだろう？

次の日の昼休み、おれは学校図書館に向かった。

その途中《とちゅう》で、大ちゃんを見かけた。銀色の大きな給食の入れものを両手で持って運んでいる。おれが声をかけようとしたそのとき、大ちゃんは走ってきた下級生とぶつかった。

がこん、と入れものが落ちて、中から残りものの白ごはんが廊下《ろうか》に散らばる。

「ああっ、ごめん、ごめんね。ぶつかったところ、痛《いた》くない？」

大ちゃんがおろおろしているあいだに、その下級生はあわてたように逃《に》げていく。しかたなく、おれは近くの教室からぞうきんを二枚《まい》借りて、大ちゃんにかけ寄《よ》った。

「あれっ、なごくん」

「ほい、ぞうきん。早く片《かた》づけないと踏《ふ》まれるぞ」

おれがしゃがんで片《かた》づけを始めると、大ちゃんも急いで手を動かした。大ちゃんって、やさしいんだけどいまいち頼《たよ》りないんだよな。今のだって、悪いのはぶつかってきた下級生なんだから、怒《おこ》ればいいのに。

「なごくん、助けてくれてありがとう」

「別にいいけど、大ちゃんは大丈夫《だいじょうぶ》かよ。中学行ったらおれはいないんだから、もうちょっとしっかりしろよな」

むちむちの背中《せなか》をたたくと、大ちゃんは「そうだよねえ」とのんびり笑って、拾い切れていなかったごはん粒《つぶ》をそっとつまみ、入れものに戻《もど》した。

「大ちゃんのクラスって、白ごはん残すやつ多いんだな」

「うん。やっぱり、もったいないよね。給食の調理員さんにも返しづらいんだ」

と、大ちゃんはしょんぼりする。そんなこと、大ちゃんがいちいち気にしたってしょうがないと思うんだけどなあ。

大ちゃんと別れて、おれは学校図書館の本を物色した。和食に関する本を読んでみようと思ったんだけど、意外にたくさんあるな。「日本食」って題の本もあるし。

和食と日本食って、ちがうの？　いったいどの本を読めばいいんだ？

「あ、あのう」

蚊《か》の鳴くような声がして振《ふ》り向《む》くと、一人の女子がもじもじしながら立っていた。

おれと同じ料理クラブで五年生の、心春《こはる》だ。

話しかけられて、おれはちょっとおどろいた。料理クラブでの心春は、めったにしゃべらない。調理の時間はほぼ手を出さず、洗《あら》いものや片《かた》づけばかりを一人でちまちまやっている。いったいなんで料理クラブに入ったのか、正直なぞだった。

「何か用？　おれ、今いそがしいんだ」

「卒業お祝い会のメニュー決め、ですよね。あの、わたしも手伝おうと思って、来ました」

しゃちほこばって、心春が言う。

なんで突然《とつぜん》やる気になったんだ？　まあ、手伝ってくれるのは大歓迎《だいかんげい》だけど。

「えーっと、じゃあ相談したいんだけどさ。そもそも和食って、何？」

母さんは、『ごはんとおみそ汁《しる》があったら、ほぼ和食でしょ』と言った。

父さんに聞いたら、『一汁三菜《いちじゅうさんさい》そろった日本の食事のことだろ？』と答えた。

インターネットで調べたら、『和食とは日本人の食文化です』と書いてあった。

どの答えが正解《せいかい》なのか、いまいちわからない。そう伝えると、心春は深々とうなずいた。きらり、とめがねの奥《おく》の瞳《ひとみ》が光る。

「語ってもいいですか？」

「は？　うん、まあ、どうぞ」

「結論《けつろん》から言うと、全部正しいです」

「えっ、全部？」

「はい。『ごはんと汁物《しるもの》の組み合わせ』も『一汁三菜』も和食の特徴《とくちょう》の一つで、『日本人の食文化』に表れています。まずは、和食を一つの伝《でん》統文化《とうぶんか》として考えると、わかりやすいかもです」

伝統文化《でんとうぶんか》か。なんだか堅苦《かたくる》しい話になりそうで、おれは身構《みがま》えた。

「新鮮《しんせん》な食材を使って、食材そのものの味を生かすところも、和食文化の大きな特徴《とくちょう》です。昨日のクラブで話し合いに出てきた、にぎり寿司《ずし》やお刺身《さしみ》がそうですね」

「ラーメンとカレーはどうなんだ？」

「いろんな意見がありますけど、わたしは日本食かなと思います。日本食には、伝統《でんとう》に関係なく日本で食べられている料理も含《ふく》まれるので」

「ふんふん」

「あと、和食では季節感や旬《しゅん》を大事にしますし、行事との関わりも意識《いしき》します。お正月におせちを食べたり、十五夜に月見団子《つきみだんご》を食べたり、そういうのです」

「ほうほう」

「もう話し出すとキリがないんですけど和食って魅力《みりょく》が本当にいっぱいありまして。日本は南北に長くて気象条件《きしょうじょうけん》が異《こと》なりますし海に囲《かこ》まれているのでとにかく食材が豊富《ほうふ》で」

「いったんタイム」

「あっはい」

おれはおでこを押《お》さえた。情報《じょうほう》が一気に入ってきて、頭がパンクしそうだ。

「すごいな、心春。まるで和食ハカセじゃん。なんでそんなにくわしいの？」

「ええと、和食に興味《きょうみ》があって、それで。和くんは興味《きょうみ》ないですか？」

「特にない。あ、でも、だしを取ったことはあるよ。昨日は失敗して、そのせいで台所を出禁《できん》にされちゃったけど」

あのあと、母さんはおれが失敗しただし汁《じる》をみそ汁《しる》に使うと言った。そんなの気持ち悪いとおれがさわいだら、

『食材をむだにするのはいけないことだよ。それがわからないなら台所に入らないで』

と、ぴしゃりと怒《おこ》ったのだ。

「おれとしては、台所で手を動かしながらメニューを考えたかったんだけどなあ」

「それじゃあ、わたしのおじいちゃんに相談してみませんか？」

「へ？　なんでおじいちゃんに？」

「わたしのおじいちゃんは元板前なんです。昔は和食のお店で働いてました。だからメニューの相談にも乗ってくれると思うし、頼《たの》めばいっしょに試作してくれるかもです」

「それを早く言えよう」

おれは心春の肩《かた》を軽くたたいた。

メニュー決め手伝うって言うし、おじいさんにも協力を頼《たの》んでくれるみたいだし。

心春って、ちょっといいやつじゃん。

「ちなみに、だしは和食の基本《きほん》で、種類もいろいろあるんです。語ってもいいですか？」

「今日はもうむり」

まあ、ちょっと変なところはあるけれど。

その日の夜、ふとんの中でおれは思い出した。

あれは、おれが小学一年生だったとき。大ちゃんにさそわれて、市が開催《かいさい》する子ども向け料理イベントにいっしょに参加した日のことだ。

作る予定の料理は、だし茶漬《ちゃづ》けだった。参加したおれたちはいくつかのグループにわかれて、まずは一番だしを取る作業をした。昆布《こんぶ》の入った水を鍋《なべ》に入れて火にかけて、しばらくして昆布《こんぶ》を取り出したら、今度はかつおぶしを入れて。

そのときの大ちゃん、知らない人ばかりの中で、たぶん緊張《きんちょう》してたんだろうな。

キッチンペーパーを敷《し》いたザルでだしをこすように言われて、大ちゃんは流しにじかに置いたザルに、鍋《なべ》の中身をざあっとあけちゃったんだ。

当然、だしは全部流れた。周りからは悲鳴が上がった。大ちゃんは大パニック。

『なごくんどうしよう。これじゃあだし茶漬《ちゃづ》け作れないよ。どうしよう、どうしよう』

おれも内心あせったけど、『へーきへーき、大丈夫《だいじょうぶ》だって』と強がって、『一番のだしがあるなら、二番とか三番もたぶんあるって！』

必死に、テキトーなことを言った。そうしたら、料理の先生の一人が来て、やさしい声でこう言ったんだ。

『そのとおり。二番目に取れるだしもあるんだ。もう一度いっしょにやってみようか』

その先生は改めて教えてくれた。最初に取るのが一番だしで、主にお吸《す》い物《もの》に使われるということ。一番だしを取るのに使った昆布《こんぶ》やかつおぶしをもう一度煮出《にだ》して取ったものが、二番だし。二番だしは一番だしより香りはうすくなるけど、うま味《み》はぎゅっとつまっていて、みそ汁《しる》や煮物《にもの》のような味の濃《こ》い料理に合うということ。三番だしはないけれど、だしを取ったあとの昆《こん》布《ぶ》やかつおぶしのだしがらは、ふりかけなどに再利用《さいりよう》できること。

一番だしはほかのグループからわけてもらうことになって、大ちゃんとおれは先生といっしょに二番だしを取った。無事に取れた二番だしは、ごくうすい茶色をしていた。

あれは、どんな味だったっけな。

『二回目はうまくいってよかったあ。なごくん、ありがとう』

思い出すのは大ちゃんの喜《よろこ》ぶ顔ばっかりで、肝心《かんじん》のだしの味は、忘《わす》れちゃったな。

日曜日、おれは心春と学校近くで待ち合わせて、心春のおじいさんの家に向かった。

家の門の前から玄関先《げんかんさき》までが、雨が降《ふ》ったわけでもないのにぬれている。

「このへん、水でもこぼしたのかな」

「あ、これは打《う》ち水《みず》といって、お客さんを歓迎《かんげい》する意味があるんです。おじいちゃん、和くんが来るのを楽しみにしていたので」

「へーっ、それ、おもてなしってやつ？なんかうれしいな」

インターフォンを押《お》すとすぐにドアが開いて、めがねをかけたやさしそうなおじいさんが、おれたちを出迎《でむか》えた。

「こんにちは、よく来てくれたね。さあ上がって」

通された和室はすっきり片《かた》づいていて、棚《たな》の上には梅の花が花瓶《かびん》に生けて

飾《かざ》ってある。

これも、おもてなしなのかな？　きれいな部屋で、心春のおじいさんが出してくれたほうじ茶を飲むと、ふだんより味や香りをくっきりと感じる気がした。

「さて、心春から話は聞いたよ。和くんたちは、六年生の卒業をお祝いするための和食メニューを考えているんだったね」

「はい。とりあえず、だしを使うといいのかなーとは思ってるんですけど」

「だしのおいしさを味わうなら、まずは汁物《しるもの》がおすすめかな。たとえば、お吸《す》い物《もの》なんかは見た目もきれいで、おもてなしやちょっと特別な日の和食としてぴったりなんだよ。まずはだしを取って、実際《じっさい》に味わってみようか」

おれと小春もエプロンをつけて、おじいさんのあとについて台所に行くと、ぴかぴかの調理台の上に、かつおぶしと昆布《こんぶ》がすでに用意されていた。

昆布《こんぶ》のほうはボウルに張《は》った水の中に沈《しず》んでいる。

「今日はかつおぶしと昆布《こんぶ》を使って一番だしを取ろう。この昆布《こんぶ》はうま味を引き出すためにあらかじめ水に三十分浸《つ》けてあるんだけど、学校で同じことはできそうかな？」

「はい。お祝い会当日は、昼休みに家庭科室を飾《かざ》りつけたりして前準備《まえじゅんび》するんで、そのときにできると思います」

「よかった。じゃあ最初に、昆布《こんぶ》を煮出《にだ》そうか」

心春がさっと動いて、片手鍋《かたてなべ》を準備《じゅんび》する。おれはおじいさんに言われたとおりに、ボウルの中の水と昆布《こんぶ》を片手鍋《かたてなべ》に移《うつ》し、火にかけた。

火加減《ひかげん》は中火《ちゅうび》で、鍋《なべ》の底に泡《あわ》がふつふつ出てきたら、昆布《こんぶ》を取り出す。

「ここでぶくぶく沸騰《ふっとう》させると、昆布《こんぶ》のぬめりとかくさみとか、うま味以外が出てきちゃうから、注意するんだよ」

「はーい」

昆布《こんぶ》を取り出したあとの水が沸騰《ふっとう》したら、今度はかつおぶしをふわっと入

れて、再《ふたた》び沸騰《ふっとう》したら火を止める。かつおぶしが下に沈《しず》んだら、キッチンペーパーを敷《し》いたザルでこす。もちろん、下にはボウルを置いて。

これでもう、一番だしは完成だ。

「あの、かつおぶしと昆布《こんぶ》を両方使うのはどうしてですか？　片方《かたほう》だけじゃだめ？」

どっちかだけでいいなら、おれはこの前、昆布《こんぶ》の代わりにわざわざ海苔《のり》を使ったりしなかったのにな。おじいさんは「いい質問《しつもん》だね」と笑った。

「三大うま味成分というものがあってね。グルタミン酸《さん》とイノシン酸《さん》、グアニル酸《さん》のことを指すんだけれども、昆布《こんぶ》にはグルタミン酸《さん》が、かつおぶしにはイノシン酸《さん》が含《ふく》まれているんだ。どれか一つでも十分にうま味があるんだけど、二つ以上をかけ合わせると、相乗効果《そうじょうこうか》でうま味が増《ま》すんだよ」

「ちがううま味成分が協力し合って、ますますおいしくなるってこと？」

「うん、そのとおり」

へええ。おれは感心してボウルの中をのぞきこんだ。ひかえめに輝《かがや》く金色のだしが、静かにゆれている。

だしって、こんなに澄《す》んで、きれいなものだったのか。

おれが味見したいと言うと、心春がすぐにおわんを用意して、だしを注いでくれた。

遠くに海を感じるやさしいにおい。一口飲むと、舌《した》にじんわりしみこむ、淡《あわ》い味がする。

「今、舌《した》にじわーっと味がき

たでしょう。それがうま味で、甘味《あまみ》、酸味《さんみ》、塩味《えんみ》、苦味《にがみ》と並《なら》ぶ五味《ごみ》の中の一つなんだ。発見したのは日本人で、うま味は海外からも注目されているんだよ」

「へー、それじゃあ海外の人はうま味を知らなかったんだ。だしもなかったのかな？」

おれが首をかしげると、すかさず心春が口をはさんだ。

「語ってもいいですか？」

「手短に頼《たの》む」

「海外にもだしの文化はあるん

です。たとえば、子牛の骨《ほね》と肉と野菜を長時間煮込《にこ》んで作る、フランスのフォン・ド・ボーとか」

「ふんふん」

「日本のだしは、水に浸《ひた》したり、短時間火にかけたりするだけで作れます。しかも、日本の水はマグネシウムとカルシウムの少ない軟《なん》水《すい》だから、うま味成分が溶《と》け出《だ》しやすいんですよ。ちなみに、ごはんも軟水《なんすい》で炊《た》くからふっくらするんです」

「ほうほう」

「和食って実は塩味《えんみ》の強いものも多いですがそこでだしを使うと調味料を減《へ》らしてもおいしく食べられるようになり味だけでなく体にもいいというまるで二刀流の働きを」

「いったんタイム」

「あっはい」

また頭がパンクしそうだ。おれはおでこを押《お》さえて、正直に言った。

「熱く語ってくれたのに悪いんだけどさ。おれ、このだしを飲むとベロが喜《よろこ》んでる感じするけど、おいしいかどうかはよくわかんない」

だしがまずいとは思わないけど、すごくおいしいとも思えない。なんていうか、味のパンチが弱いんだ。

「そうだね。だし自体の味が特別おいしいわけじゃない。和食のだしの力は、そのうま味でほかの食材の味を引き立てて、まとめるところで発揮《はっき》されるんだ。少し待っておいで」

そう言うと、おじいさんは冷蔵庫《れいぞうこ》から豆腐《とうふ》と三つ葉《みつば》とえのきを取り出した。三つの具材を今取った一番だしと煮《に》て、しょうゆと塩で味を整え、さっとお吸《す》い物《もの》を作ってくれる。

それを一口味見して、はっとした。

「うおっ、おいしーっ……！」

最初に感じたのは、三つ葉のすっとする香り。豆腐《とうふ》やえのきの味としょうゆの塩味が、だしといっしょに口の中で合わさる。

引き出されたおいしさたちが、重なる。

「おれ、お祝い会でこのお吸《す》い物《もの》作りたいっ」

この味を、大ちゃんやほかのメンバーにも食べてみてほしい。きっとおどろくし、喜《よろこ》んでくれそうな気がする。

「和食では旬《しゅん》の食材を使って、季節感を出すんだったよな。このお吸《す》い物《もの》の中だと……」

「三つ葉が、ちょうど三月ごろから旬《しゅん》だね。茎《くき》の部分を輪になるように結ぶと、『結び三つ葉』ができるんだ。縁結《えんむす》びの意味を持つ縁起《えんぎ》のいいもので、見た目もきれいだよ」

「薄《うす》く桜形《さくらがた》に切ったにんじんも入れたら、もっときれいになりそうです。型抜《かたぬ》きを使えばだれでもかんたんにできますし、サクラサク、でおめでたい感じもします」

一つのおわんで、季節とお祝いの気持ちを両方表せるって、すごいな。

二人のアイディアも使わせてもらおう。

でも、料理がお吸《す》い物《もの》だけなのはさびしい。

「もう一品、お吸《す》い物《もの》に合う何かを作りたいよな。となると、やっぱりごはんものか？　おじいさんの働いていたお店には、お祝い用のごはんものってメニューにありましたか？」

「うん。店にはお祝いごと用のコースメニューが何種類かあってね、にぎり寿《ず》司《し》が含《ふく》まれているものが多かったよ」

「ごはんもので、おめでたい感じがするのっていったら、やっぱ寿《す》司《し》だもんなあ。でも、学校じゃ生ものは使えないし。……あ、そうだ！」

おれはぱちんと指を鳴らした。

「にぎり寿《ず》司《し》がだめなら、ちらし寿《ず》司《し》は？　スーパーでよく売ってる、ちらし寿《ず》司《し》のもとで作るんだよ。あれなら混《ま》ぜるだけでかんたんだし、生ものは使わないですむ。そんで上に焼いた卵《たまご》とか紅《べに》しょうがを散らせば、見た目も華《はな》やかになりそうじゃん」

「うん、いい案だね。それに、ちらし寿《ず》司《し》の具材にはおめでたい意味があるんだ。錦糸卵《きんしたまご》は『金銀財宝《きんぎんざいほう》』。豆は『まめに働けるように』。れんこんは『将来《しょうらい》をよく見通せるように』って」

「それって、ただのこじつけか、だじゃれですよね？　鯛《たい》はおめでタイ、みたいな」

おれがツッコむと、おじいさんは笑った。

「まあ、そうとも言えるね。だけど食材に意味を持たせて、願いをこめて食べるのも、和食文化の特徴《とくちょう》なんだよ」

「ちなみに鯛《たい》をまるごと姿焼《すがたや》きにしたものを『目出鯛《めでたい》』とも呼《よ》びましてですね」

心春がまた語り出しそうだったので、おれは急いで言った。

「それじゃあ卒業お祝い会のメニューは、お吸《す》い物《もの》とちらし寿司《ずし》で、決定！」

「よし。じゃあメニュー決定のお祝いに、鯛《たい》の刺身《さしみ》をごちそうしよう」

おじいさんは冷蔵庫《れいぞうこ》から鯛《たい》のさくを取り出すと、細長い包丁ですうっと手前に引くように切った。その流れるような手つきに、おれの目は一瞬《いっしゅん》で釘《くぎ》づけになる。

「よかったら、和くんも切ってみるかい？」

「えっ、いいの？」

「もちろん。和食では切ることがとても重要な調理法なんだ。どんどんやってごらん」

おれが握《にぎ》らせてもらったのは柳刃包丁《やなぎばぼうちょう》といって、主に刺身《さしみ》を切るためのものらしい。刃《は》が片面《かためん》にだけついていてすらりと長く、刀みたいでかっこいい。

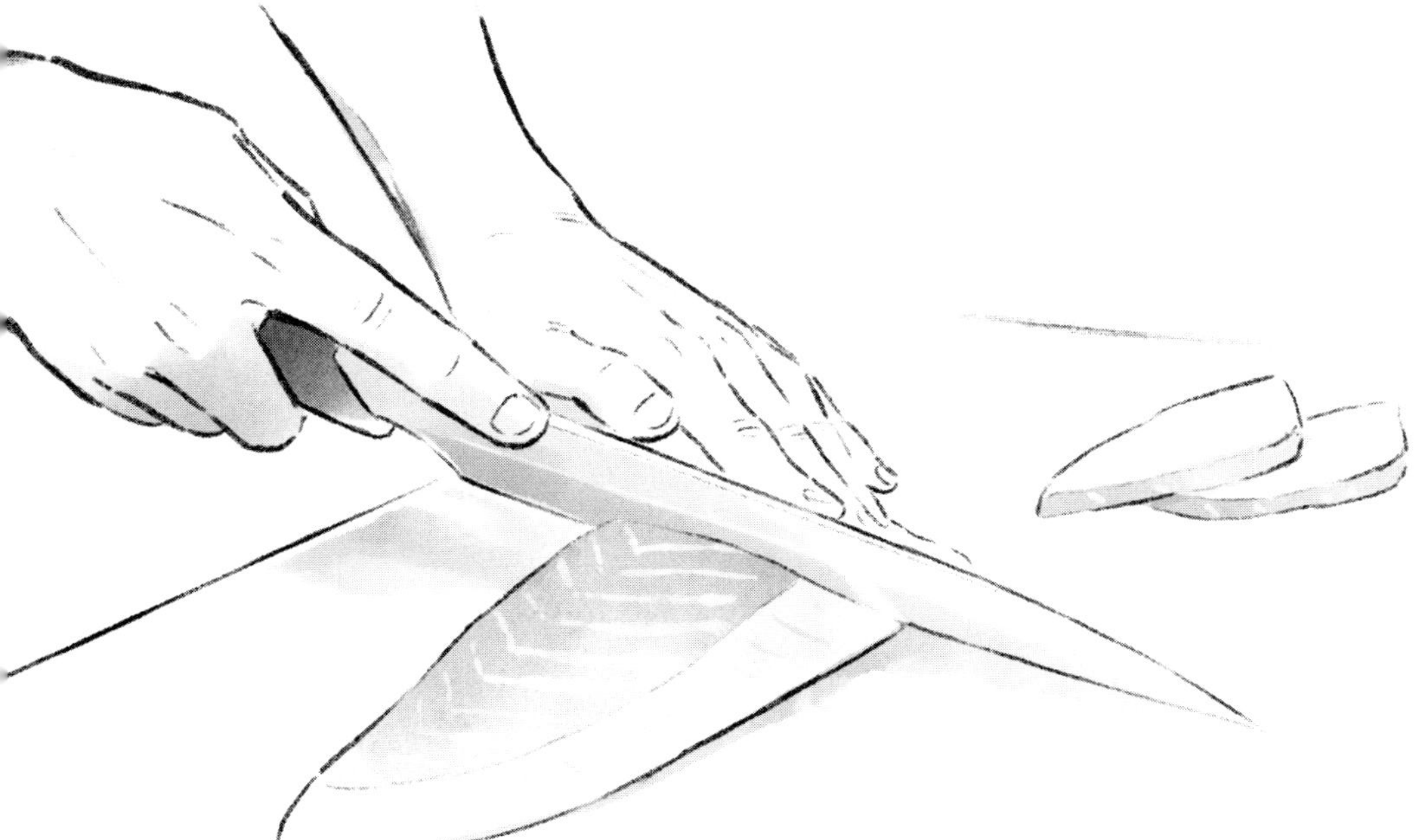

見よう見まねで刃《は》を手前に引くと、力を入れなくても、すうっと鯛《たい》が切れていく。

「そうそう。引くようにすっすっと切るんだよ」

「うわっ、これ気持ちいい。なんかおれ、板前になった気分」

切ったそばから、鯛《たい》を味見させてもらった。わさびじょうゆにつけた鯛《たい》の刺身《さしみ》は、甘《あま》くぷりぷり

していておいしい。でも、おじいさんの切った刺身《さしみ》と食《た》べ比《くら》べると、口当たりがちがう。自分で切ったほうは包丁を何度も動かしたせいか、断面《だんめん》がざらっとする。

「だしだけじゃなくて、切ることでも、食材のおいしさって変わるんだ」

「ああ、変わるよ。そして食材のおいしさを引き出すことは、自然からもらったいのちを生かすことでもある。そうやって大切に作られるのが、和食なんだよ」

おれはうなずいて、もう一度鯛《たい》を切らせてもらった。

いのちを、生かす。

そう意識《いしき》しながら包丁を動かすと、さっきまではなかった何か温かな気持ちが、胸《むね》にわいてくる。食材をむだにするなと母さんが怒《おこ》った理由も、大ちゃんが給食で残った白ごはんを見てしょんぼりした気持ちも、ちょっとわかった気がした。

おじいさんが台所を離《はな》れ、そのあいだに洗《あら》いものを始めた心春に、

「おれ、今日ここに来てよかった。お祝い会のメニューもほぼ決まったし、だしもお吸《す》い物《もの》も、鯛《たい》の刺身《さしみ》もおいしかったし。心春のおじいさんって、すごいな」

そう言うと、心春は飛び上がっておれを振《ふ》り返《かえ》った。

「はいっ、そうなんです。おじいちゃんは調理技術《ちょうりぎじゅつ》もすごいんですけど、和食の知識《ちしき》もとっても豊富《ほうふ》ですし、お店のお客さんとお話したり、料理の説明をしたりも大得意《だいとくい》なんです。だからいつか、その、わたしも……」

「ん？」

「いえ、なんでもないです。それよりおじいちゃんのこと、もっと語ってもいいですか？」

心春が目をきらきらさせる。これはもう、とことん聞くか。

「どうぞーっ」

おれは腕《うで》まくりをしてふきんを持ち、心春のとなりに並《なら》んだ。

「――と、いうわけで。卒業お祝い会のメニューは、生ものを使わないちらし寿司《ずし》と、旬《しゅん》の食材入りのお吸《す》い物《もの》にするのがいいと思うんだけど、どうかな？」

クラブ活動中の家庭科室に、賛成《さんせい》の声と拍手《はくしゅ》が響《ひび》いた。心春は相変わらずみんなの輪から一人離《はな》れて、端《はし》っこで控《ひか》えめに手をたたいている。

心春と、心春のおじいさんに教わった『和食の特徴《とくちょう》』をみんなに伝えて、お祝い会のメニューに賛成《さんせい》してもらえた。あとは顧問《こもん》の先生に許可《きょか》をもらえば、具体的な準備《じゅんび》に取りかかれるな、と思っていると、

「ああっ、大変だ！」

突然《とつぜん》、メンバーの一人が叫《さけ》んだ。

「わたしたちは大事なことを忘《わす》れていた」

「大事なこと？」

「給食の存在《そんざい》だよ。ここを見てっ」

その子はファイルから一枚《まい》のプリントを抜《ぬ》き出《だ》し、調理テーブルの上に置いた。今日配られたばかりの、三月の給食献立表《こんだてひょう》だ。その三日のところを何度も指差す。

「三日の献立《こんだて》は……ちらし寿《ず》司《し》。えっ、ちらし寿司《ずし》？」

「そう。卒業お祝い会のメニューとかぶるの。ひな祭りだから、ちらし寿司《ずし》なんだね。七月の七夕にはそうめん汁《じる》が出たし、十二月の冬至《とうじ》にはかぼちゃのいとこ煮《こ》が出た。あんまり意識《いしき》してなかったけど、行事に合わせた和食が、給食でも出てるんだよ」

「給食も意外にやるな」

おれたちは感心した。三月三日にちらし寿司《ずし》が出るのに、卒業お祝い会でも同じものを出すわけにはいかないと、全員の意見も一致《いっち》した。

となると、ちらし寿司《ずし》の代わりになる一品を、急いで考えないといけない。

「和くん、どうしよう？」

どうしよう、ったってなあ。

不安そうなみんなの顔を見て、おれはまたつい、言ってしまった。

「しょうがねーな。おれが明日《あした》までに、別の料理を考えてきてやるよ！」

一晩《ひとばん》考えたけど、これだ！　というメニューは浮《う》かばなかった。

生ものを使わず、みんなが持《も》ち寄《よ》れる材料で、クラブ活動の時間内に作れて、お祝い感のある和食。かつ、お吸《す》い物《もの》に合う、ちらし寿司《ずし》以外のごはんもの。……むずかしいなあ。

六年生メンバーはどうして、おれたちに『和食』をリクエストしたんだろう。

朝、うんうん悩《なや》みながら通学路を歩いていると、少し先に大ちゃんの姿《すがた》を見つけた。

「おーい、大ちゃんおはよー。って、何持ってんの？　朝飯？」

「うん。今朝ちょっとねぼうしちゃって」

「ねぼう？　大ちゃん、そんなんで大丈夫《だいじょうぶ》かよ。春から通う中学、家から遠いんだろ？」

大ちゃんは何も考えてなさそうな顔でへへへと笑うと、両手に一個《こ》ずつ持ったでっかいおにぎりをおれに見せた。

「朝ごはん食べてたら遅刻《ちこく》しちゃいそうだったから、おにぎり持って出てきたんだ。これ持ってたら、おむすびが追いかけてきて大変だったよ」

「ああ、あいつなんでも食べようとするもんな」

おむすびは、大ちゃんが飼《か》っている柴《しば》犬《いぬ》だ。おれも何度かいっしょに散歩したことがある。元気でとにかく食いしんぼうなおむすびを、大ちゃんはとてもかわいがっているんだ。

ラップをはがして、大ちゃんはぱくりとおにぎりにかぶりついた。一気に半分以上なくなったおにぎりの中から、何かピンク色のものがのぞいている。

「その具、何？　もしかして魚肉ソーセージ？」

「うん。もう一個《こ》のほうには、ちくわが入ってるよ。なごくん、食べる？」

「いや、いいよ。おにぎりの具が魚肉ソーセージとちくわって、おもしろいな」

「そう？　うちじゃよく作るよ。チャーハンとか、海苔巻《のりま》きの具にしてもおいしいんだ」

おれは大ちゃんのおにぎりをまじまじと見た。チャーハンに海苔巻《のりま》きの具、か。

……ん？　これ、もしかして使えるかも！

「悪《わ》り、おれ先行く。ちょっと話し合いたいことがあるんだ」

「え、話し合い？　なんの？」

「卒業お祝い会のメニューについて。今、いいの浮《う》かんだんだ」

その場で足踏《あしぶ》みしながら言うと、大ちゃんはぱあっと笑顔《えがお》になった。

「ぼく、ぼく、卒業お祝い会の和食、すっごく楽しみにしてるよ！」

「おうっ」

全力で走って学校につくと、一目散《いちもくさん》に心春のクラスを目指す。自分の席で本を読んでいた心春に、おれはあいさつもすっ飛ばして言った。

「手《て》巻《ま》き寿司《ずし》って、どうかな？」

それだけで、心春はおれの言いたいことがわかったらしい。

「実はわたしも、同じことを考えてました」

と、ノートを取り出して広げた。手巻《てま》き寿司《ずし》のイラストといっしょに、材料や作りかたが細かくメモしてある。

ここまでしっかり考えてきてくれたのか。心春って、なかなかいいやつじゃん。

「手巻《てま》き寿司《ずし》の具は、お刺身《さしみ》の代わりにゆでた野菜を使うんです。アスパラガスとかきゅうりとか、にんじんとか。缶詰《かんづめ》のコーンを加えてもいいですね。それと、練《ね》り物《もの》も」

「練《ね》り物《もの》？」

「練《ね》り物《もの》は、魚とかの身をすりつぶして調味料を入れて、加熱して作られたもののことです。たとえばカニカマとか、ちくわとか」

「魚肉ソーセージとか？」

「そうです。具に加えれば彩《いろど》りもよくなると思うんです。そしてどの具材も巻《ま》きやすいように細長く切って、必要ならゆでる。それだけでいいので、準《じゅん》備《び》もかんたんです」

「だよな、おれもそう思ったんだ」

大ちゃんのおにぎりを見て、ピンときた。魚肉ソーセージやちくわを具にして、手巻《てま》き寿司《ずし》にしたらいいいんじゃん？　って。

「給食のあとだと、あまり食べられない子もいるかもです。手巻《てま》き寿司《ずし》なら自分の食べたい量を巻《ま》けます。具も、自分の好きなものをいろいろ選べて楽しいです」

「めっちゃいいじゃん」

「手巻《てま》き寿司《ずし》もお寿司《すし》なのでおめでたい料理ですし、お吸《す》い物《もの》との相性《あいしょう》もばっちりです」

「よし、決まりだ！」

おれは昼休みに料理クラブのみんなを集めて、心春のノートを見せながら話をした。結果は、満場一致《まんじょういっち》で手巻き寿司《てまきずし》に決定。顧問《こもん》の先生からも無事オーケーをもらえた。

「今日でメニュー決定してよかった。心春も考えてくれてありがとな」

放課後、心春にお礼を言うと、「いえいえいえいえ」と心春は大げさに両手を振《ふ》った。

「手巻き寿司《てまきずし》の具っていうと、まぐろとかイクラとかがまず浮《う》かぶけど、ゆで野菜と練《ね》り物《もの》を使うっていうのがおもしろいよな。六年生たちにもウケそうな気がする」

「そうですね。ちなみに、練《ね》り物《もの》も日本の伝統的《でんとうてき》な食材なんですよ。日本が海に囲《かこ》まれていて、海《うみ》の幸《さち》に恵《めぐ》まれたおかげで、いろんな種類の練《ね》り物《もの》が生まれたんです」

「へえ、そうなのか。全然知らなかった」

だしに、旬《しゅん》の野菜、きれいな水に、練《ね》り物《もの》。どれも自分の身近にあるから、なんとも思ってなかった。でも『和食』を通して見てみると、ちょっと意識《いしき》が変わる。

あっちこっちで、小さな宝物《たからもの》を発見したような気分だ。

「特にカニカマは、海外でも人気なんですよ。語ってもいいですか？」

「また今度な」

「あっはい」

心春はランドセルを背負《せお》うと、おれの顔をのぞきこんだ。

「和くんは、さびしい、ですか？」

「は？　なんだよいきなり」

「和くんと仲のいい六年生の人も、もう少しで卒業なので」

「ああ、大ちゃんのこと？　さびしいっていうより、大丈夫《だいじょうぶ》かよ？　って感じかな」

今朝もねぼうして、歩きながらのんきにおにぎりを頬張《ほおば》っていた大ちゃん。第一志望《しぼう》の私立《しりつ》の中学に受かったと聞いたときは、すげーって思った。だけど、今までずっと近くにいたあの大ちゃんと『中学生』ってやつが、おれの中ではうまく結びつかない。

「でも、大ちゃんを応援《おうえん》したい気持ちはあるよ。それに、大ちゃんは卒業お祝い会をかなり楽しみにしてるっぽいから、気合入れてリクエストに応《こた》えたいんだ」

「わたしも……がんばりたいです。みんなで協力して作った和食で六年生たちが喜《よろこ》んでくれたら、きっとすごくうれしいので」

思い切ったように、心春は言った。そして恥《は》ずかしそうにおさげをいじる。

みんなで協力して、か。

なんだかうれしくなって、おれは心春のランドセルを軽くたたいた。

メニューは無事決まり、持《も》ち寄《よ》る材料と作りかたもみんなで確認済《かくにんず》み。さらに、使う予定の紙コップはシールでデコレーションして、折り紙できれいな箸置《はしお》きも作った。心春のおじいさんがしてくれた打ち水のように、おれたちも六年生メンバーへの歓迎《かんげい》の気持ちを表してみたんだ。

そして迎《むか》えた、卒業お祝い会当日。

「うそっ！」

昼休み、前準備《まえじゅんび》のためにみんなが集まった家庭科室で、おれは叫《さけ》んだ。

「大ちゃん、今日休みなの？　なんで？」

「風邪《かぜ》だって。遅刻《ちこく》の予定だったけど欠席になったって、担任《たんにん》の先生が言ってた」

　メンバーの一人からそう聞いて、おれは体からへなへなと力が抜《ぬ》けた。

『卒業お祝い会の和食、すっごく楽しみにしてるよ！』

　って、大ちゃん言ったじゃないかよ。なのにこのタイミングで、風邪《かぜ》って……。

「大ちゃんだけ料理食べられないの、かわいそう。せっかくの卒業お祝いなのに」

「じゃあ、料理を家に届《とど》けてあげよう

よ。そうしたら大ちゃんも食べられるよ」

「でも、具合悪いときに手巻《てま》き寿司《ずし》なんて、食べられなくない？」

みんなは心配そうに言い合い、そろっておれを見た。

「和くん、どうしよう？」

「……どうしよう」

おれは真っ先に心春を探《さが》した。

「なあ心春。ちょっとだけでもいいから、みんなで作った料理を大ちゃんに届《とど》けてやりたいんだけど、手巻《てま》き寿司《ずし》がだめならどうしたらいい？　なんとかできないかな？」

むちゃなことを言ってるってわかってる。でも、心春ならって思った。和食ハカセの心春なら、また何かいいアイディアを出してくれるんじゃないかって。

さすがの心春もたじろぎ、眉《まゆ》を寄《よ》せて考えこんだ。今日のメニューの材料や作りかたが書いてあるあのノートをめくって、じっと見つめる。

「――できます。作れます、あれが」

「あれって何？」

おれたちは心春にずいっと詰《つ》め寄《よ》った。

「今日使う予定の材料をちょっともらって、あとはだれかの水筒《すいとう》を貸《か》してもらえれば、あれを作って大ちゃんさんに届《とど》けられます。あれは体調が悪いときでも食べやすいですし、おなかも温まると思います」

「あれって何!?」

みんなの声が重なる。小春から『あれ』の正体を聞いて、おれはのけぞった。

おれと大ちゃんの、思い出の料理じゃないか！

しかも大ちゃんのリクエストどおり、ばっちり和食だ！

みんなで心春から『あれ』の作りかたを聞きながら、おれは思った。

心春って頼《たよ》りになる、いいやつじゃん。

「本当にごめんね、せっかくの卒業お祝い会、休んじゃって」

大ちゃんは家をたずねたおれと心春の顔を見るなり、ごめんねをくり返した。

「しかたないよ、だってすごく心配だったたんだろ？」

「うん……」

後ろでふせているおむすびの頭を、大ちゃんはそっとなでた。今日、体調が悪かった

のは大ちゃんではなく、飼《か》い犬《いぬ》のおむすびのほうだったんだ。

「朝ごはんのとき、ぼくが床《ゆか》に落としたラップを、おむすびが食べちゃって」

大ちゃんとお父さんはおむすびをすぐに動物病院へ連れていき、ラップを無事吐《は》かせてもらった。でも大ちゃんはおむすびを家に置いていくのがこわくて、今日だけ学校を休みたいとお父さんに頼《たの》んだそうだ。今のおむすびはすっかり元気そうで、おれも安心した。

「それで、お祝い会はどうだった？　みんな楽しんでた？」

「うん、ばっちり」

料理クラブの卒業お祝い会は、大成功に終わった。

「だしってこんなにいいにおいなんだ」「ゆで野菜や練《ね》り物《もの》を使った手巻《てま》き寿司《ずし》は初めて食べた。おいしい」と、六年生メンバーに喜《よろこ》んでもらえた。予想以上にかんたんに作れたから、家でも同じものを作って、家族に食べさせたいって言う子も多かった。

自分にも和食って作れるんだって、みんなが思えた時間だった。

「それでさ、大ちゃんにも食べてほしくて、ちょっとだけど料理持ってきたんだ」

おれはアルミホイルの包みを二つと、水《すい》筒《とう》を大ちゃんに差し出した。

「えっ、ぼくにも？　うわあ、ありがとう。中身は何？」

「アルミホイルの中身は焼きおにぎりが三個《こ》と、にんじんで作った桜《さくら》の花びらだよ。水筒《すいとう》には温かいだし汁《じる》が入ってる」

おれの後ろから心春がそっと顔を出し、あとを続ける。

「焼きおにぎりにだし汁《じる》をかけて、上からにんじんを散らして、だし茶漬《ちゃづ》けにして食べてください」

そう。心春の思いついた『あれ』の正体は、だし茶漬《ちゃづ》けだった。

昔、市の料理イベントでおれと大ちゃんが作った、あの料理だ。

大ちゃんは、ぱっと顔を輝《かがや》かせた。

「だし茶漬《ちゃづ》け！　昔、なごくんとも作ったね。よかったらこれ、いっしょに食べようよ」

今日は暖《あたた》かいから、縁側《えんがわ》で食べようということになった。大ちゃんの家の縁側《えんがわ》は日当たりがよくて、置いてあった桜《さくら》の苗木《なえぎ》はすでにいくつか花を咲《さ》かせていた。

ガラス戸を開けると、すうっと心地《ここち》いい風が吹《ふ》き抜《ぬ》ける。

「二人とも、お待たせー」

だし茶漬《ちゃづ》けをふた付きの朱色《しゅいろ》のおわんに入れて、大ちゃんが持ってきてくれた。ふたには金色で牡丹《ぼたん》の花が描《えが》かれていて、見るからに特別な感じだ。

おれたちは手を合わせた。

「いただきます」

三人そろっておわんのふたを開けると、だしとしょうゆがほわりと香った。澄《す》んだだし汁《じる》にこげ目のついた焼きおにぎりが沈《しず》み、桜《さくら》の花びらの形のにんじんが数枚浮《すうまいう》いている。

大ちゃんが一口目を食べるのを、おれはわくわくしながら見守った。

「わあ、おいしい」

「本当？　本当の本当においしい？」

「うん。なんだかね、口の中でじわーっとおいしさが続くんだ。飲みこむと、胸《むね》もおなかもほっこりする。これ、みんなで作ってくれたの？」

「そうだよ。手巻き寿司《てまずし》とお吸《す》い物《もの》を作りながら、大ちゃん用のだし茶漬《ちゃづ》けも手分けして準備《じゅんび》したんだ。いそがしかったけど、心春が大活躍《だいかつやく》だったんだよ。なっ？」

おれと数人のメンバーは、心春のおじいさんに教わった手順で一番だしを取った。心春はだしを取るのに使ったあとのかつおぶしを軽く刻《きざ》んで、しょうゆを加えてごはんに混《ま》ぜた。手の空いていた子がおにぎりを握《にぎ》り、心春といっしょにフライパンで焼いた。

心春は照れたようにおさげをいじっているけど、おれたちがこうしてだし茶漬《ちゃづ》けまでちゃんと作れたのは、本当に心春がいてくれたおかげだった。

「この、桜《さくら》の花びらみたいなにんじんも、春らしくてきれいだね」

「それ切ったのも、心春だよ。すげー手《て》際《ぎわ》よくて、みんなびっくりしたんだ」

にんじんを片手《かたて》に持って心春が包丁を動かすと、オレンジ色の花びらが、まな板へ次々に舞《ま》い落《お》ちた。まるで、包丁から春が生まれているみたいだった。

「へえ。包丁でこんなにきれいな花びらが作れるんだね」

大ちゃんが感心したように言うと、心春はずいと身を乗り出した。

「はい。これは飾《かざ》り切《ぎ》りといって和食でよく使います。わたしはおじいちゃんに教わって練習してるんです。飾《かざ》り切《ぎ》りのおかげで料理に季節感が出て華《はな》やかになり見た目も食感もよく」

「心春、いったんタイム。大ちゃんびっくりしてる」

「あっはい」

「ていうか、あんだけできるのになんで今まで調理に加わらなかったんだよ。今度その飾《かざ》り切《ぎ》りってやつ、教えてよ。ほかのメンバーもやってみたいって言ってたからさ」

心春は目を丸くすると、ぐっと口を引き結んだ。そして何度も、何度もうなずいた。

「ところで大ちゃん、今年の六年生メンバーはどうして、卒業お祝い会のメニューに和食をリクエストしたんだ？　和食好きが多かったのか？」

「あ、提案《ていあん》したのはぼくなんだ。和食が好きなのもあるけど、料理部のメンバーにもっと和食に興味《きょうみ》を持って、好きになってもらうきっかけになればいいなあと思って」

「なんで？」

「和食を好きになったら、今よりごはんを食べてくれるんじゃないかと思ったんだ。二人は、日本人のお米の消費量《しょうひりょう》が減《へ》り続《つづ》けてるって、知ってる？」

「ああ、なんか聞いたことある。でも、こんなに毎日食べてるのになあ」

自分で言って、あれ？　と思った。朝はパンで給食もパン、夜はラーメンやうどんを食べて終わる日もある。おれ、お米を毎日は食べてない。

「最近だと、日本人一人が一年間に食べるお米の量は、いちばん多かったころの半分くらいしかないいんだって。ぼくの家って米農家だから、なんだかすごく気になっちゃって」

「お米の消費量《しょうひりょう》が減《へ》ってるって、なんかまずいの？」

「うん。お米が売れないと、お米の値段《ねだん》が安くなって、農家の人がもらえるお金が減《へ》るんだ。そうすると農家をやめる人が増《ふ》えて、結果的にはお米不足になっちゃうんだって、お父さんとお母さんが言ってた」

おれはぎょっとした。ふだん当たり前にあった白いごはん。それが食べられなくなるということだろうか。今日作った手巻《てま》き寿司《ずし》も、このだし茶漬《ちゃづ》けだって。

日本人一人あたりのお米の消《しょう》費《ひ》量《りょう》

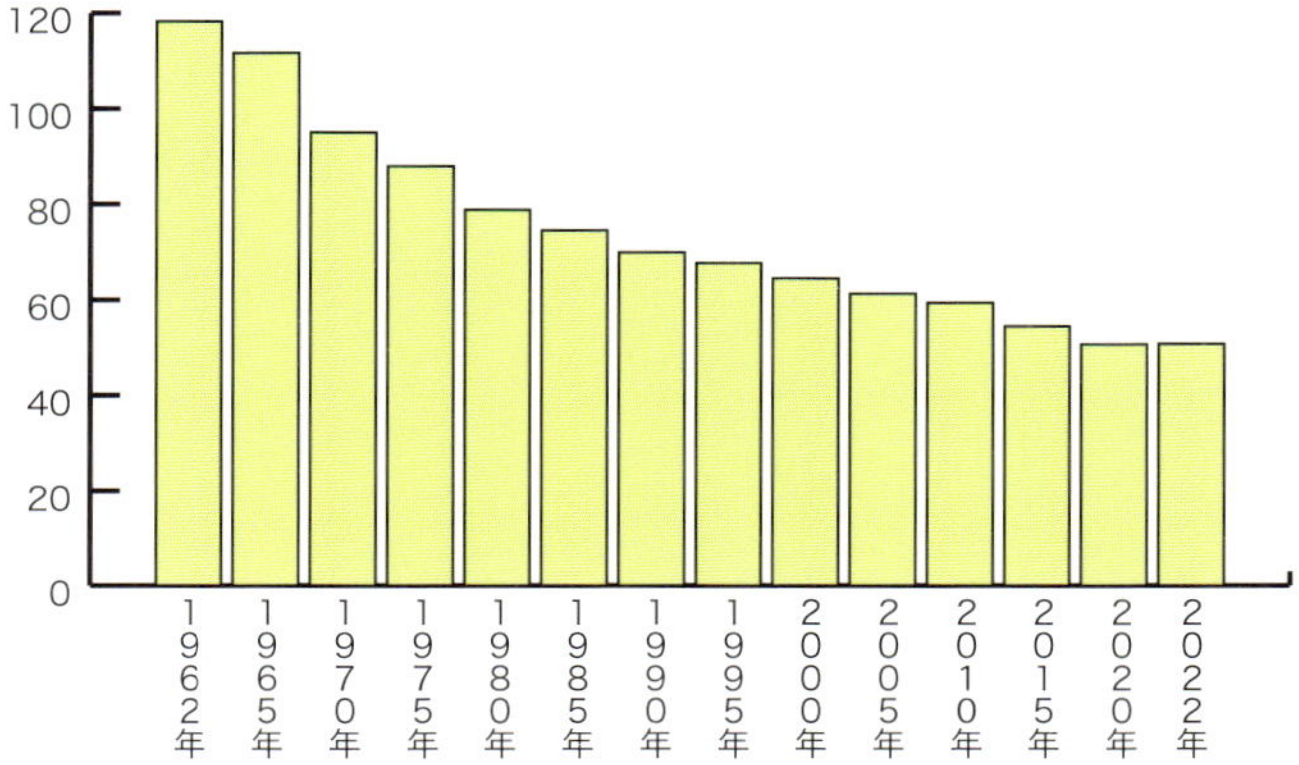

日本人一人が１年間で消《しょう》費《ひ》するお米の量は、1962 年の 118.3 キログラムをピークに、年々減少しています。

農林水産省「食料需給表」より

「それは、大変なことです。わたしのおじいちゃんは、和食文化の中心はお米だって言ってました。おいしいおかずも、汁物《しるもの》も、ごはんがあってこそ生きるんだって。それにお米ってすごいんです。栄養が豊富《ほうふ》で、炊《た》くときは水だけで添加物《てんかぶつ》を使わないから健康的ですし、ごはんは粒《つぶ》だから食《た》べごたえがあって、満腹《まんぷく》になりやすく、太りにくいんです」

おれは心春をそろそろ止めようかと思ったけど、

「心春ちゃん、お米のことをそんなに知ってくれてるんだ。うれしいなあ」

と、大ちゃんはうれしそうに笑った。

「ぼくね、将来《しょうらい》は農業に関わる仕事をしてみたいんだ。みんなの体を作るものを、大事に育てていきたい。今度ぼくが通う予定の中学校には、中学生と高校生がいっしょになって農業を学ぶクラブがあるんだって。まずはそこでがんばってみようって、決めたんだよ」

突然《とつぜん》の決意表明に、おれはぽかんとした。
大ちゃん、いつのまに将来《しょうらい》なんて考えてたんだよ。
おれ、全然知らなかったよ。

「なーんて、かっこつけて言っちゃったけど、実はすごく不安なんだ。ぼくなんかが中学でちゃんとやっていけるかもわかんないし。本当に大丈夫《じょうぶ》なのかな、って……」
しん、と縁側《えんがわ》が静かになる。心春は水筒《すいとう》に手を伸《の》ばし、残っていただし汁《じる》を三人のおわんにそれぞれ注いだ。ふわっと、心をほぐすにおいが再《ふたた》び広がる。
だし茶漬《ちゃづ》けを一口食べる

と、焼きおにぎりの香《こう》ばしさの中に、ぎゅっとお米の甘《あま》みを感じた。さっとゆでたにんじんの花びらはやわらかくて、だし汁《じる》がすべてを温かく包む。

口と心でしっかりと味わってから、おれは言った。

「心春のおじいさんが教えてくれたんだけど、だしって、ちがううま味成分が協力し合うことで、ますますおいしくなるんだって」

「へえ、そうなの？」

「うん。大ちゃんも中学行って、いろんな友だちや先生と出会って、協力し合ってさ。そしたら今できないことも、できるようになるかもしんない。だからきっと、大丈夫《だいじょうぶ》だよ」

おれは大ちゃんのでっかい背中《せなか》をたたいた。

「ちょっと早いけど、卒業おめでとう。中学でも、がんばれ」

今日のだし茶漬《ちゃづ》けが、未来へ進む大ちゃんの力になったら、いいな。

大ちゃんはおわんを両手で包みこむように持って、うなずいた。

「ありがとう。なごくんと心春ちゃんが届《とど》けてくれたこの味を、お守りみたいに覚えておく。それで、がんばるよ」

そう言った大ちゃんは、今まで見たことがないような、腹《はら》に力のこもった顔をしていて。

おれは初めて、さびしい、って思った。

大ちゃんの家を出て、
おれと心春はしばらく黙《だま》って歩いた。

ちゃんとお祝いできたのに、なんだか胸《むね》がちりちりする。途中《とちゅう》で足を止めたおれの顔を、心春が横からのぞきこんだ。

「語ってもいいですか？」

「今⁉　あーもういいよ、どうぞ」

「わたし、和食って、輪を作るものだと思うんです」

心春は両腕《りょううで》を上げて、頭の上で丸を作った。

「自然のいのちを大事に生かして料理をして、周りの人たちと食べる。伝統《でんとう》や自然、作る人も食べる人もみんなつなげて、大きな輪にしてくれるんだなって、おじいちゃんが料理する姿《すがた》を見たり、話を聞いたりして、そう思いました。そんな和食を作れるおじいちゃんみたいな板前になるのが、わたしの夢《ゆめ》です。だれかに言うのは、初めてですけど」

そうか、心春は板前になりたかったのか。まるでハカセみたいに和食にくわしいところや、今日の包丁さばきを見れば、納得《なっとく》だ。

「今日、和くんが作った和食を、大ちゃんさんも食べました。二人はもう、同じ輪にいます。だから大丈夫《だいじょうぶ》です」

「何が」

「離《はな》れても、ずっと友だちです」

そうなのかな？　でも、心春が言うなら、信じてやるか。

顔を上げて、再《ふたた》び歩き出す。心春は頭の上で丸を作ったまま、おれを追いかけてくる。

「今日、楽しかったですね」

「うん」

「四月には、わたしたちも六年生ですね」

「うん」

「次は、料理クラブで何を作りたいですか？」

「お赤飯。進級のお祝いにぴったりだし、作れたらかっこいいしな」

「いいですねえ」

「なあ」

「はい？」

「心春って、すごくいいやつじゃん」

「あっ、え、ええっ？」

ぽわっと、心春の頰《ほお》が桜色《さくらいろ》にそまる。おれは声を上げて笑いながら、春のにおいのする空気を、胸《むね》いっぱいに吸《す》いこんだ。

おはなし
日本文化
ひとくちメモ

豊《ゆた》かな自然の恵《めぐ》みを大切に食べてきた日本人の食文化

南北に長い日本の国土が生みだす、地域性豊《ちいきせいゆた》かな新鮮《しんせん》な食材を使い、その持ち味を生かすように育まれてきた和食。

日本人の食事はどのように変化してきた？

平安時代《へいあんじだい》の貴族《きぞく》たちは、宴会《えんかい》のとき、大饗料理《だいきょうりょうり》を食べました。大きな台盤《だいばん》（テーブル）に、生ものや蒸《む》しもの、ゆでものなどさまざまな料理を並《なら》べ、塩・酢《す》・酒・醤《ひしお》（発酵調味料《はっこうちょうみりょう》。みそなどの原形《げんけい》）をそれぞれに入れた四種類の小皿で、めいめい味つけして食べるスタイルです。自分で味つけするだけの料理なので、「切る」ことを大切にする和食の特色はこのころから見られたのです。

平安時代の末期になると、宋《そう》（いまの中国）で禅宗《ぜんしゅう》を学んでいた僧《そう》たちが帰国し、精進料理《しょうじんりょうり》を伝えます。生き物を殺《ころ》す「殺生《せっしょう》」を禁《きん》じる教えから、肉や魚を使わない料理です。僧《そう》たちは、肉や魚を使わずに、おいしくて栄養のあるものを作るためにさまざまな工夫《くふう》をこらしました。しいたけや昆布《こんぶ》の「だし」のうま味を生かし、たんぱく質《しつ》を補《おぎな》うために豆腐《とうふ》をよく使いました。覚心《かくしん》という僧《そう》は、中国からみそを持ち帰り、これが日本でもみそやしょうゆが発展《はってん》するもとになりました。

室町時代《むろまちじだい》になると、本膳料理《ほんぜんりょうり》が生まれます。焼きものや和《あ》えものなどの膳《ぜん》を、多い場合は二十回も出す豪華《ごうか》な料理です。膳《ぜん》を使ったり、精進料理《しょうじんりょうり》の影響《えいきょう》から、自分で味つけするのではなく、もとから味がつけられているなど、いまの和食に通じるものが見られました。

このころ茶の湯も発達しました。茶会はもともと、後半に酒を出す宴会《えんかい》でした。しかし、こうした宴会《えんかい》がぜいたくで酒に酔《よ》って楽しむだけのものになっていったことから、質素《しっそ》でも心の豊《ゆた》かさが感じられる茶会を催《もよお》そうとした人たちがいました。その一人が侘《わ》び茶《ちゃ》の完成者である千利休《せんのりきゅう》です。茶会から酒をなくし、品数を最小限《さいしょうげん》におさえた懐石料理《かいせきりょうり》を生みだしました。そこから、ご飯と汁物《しるもの》に漬物《つけもの》、これに主菜と副菜を二つほどつけた「一汁三菜《いちじゅうさんさい》」という和食の基本《きほん》が生まれたのです。

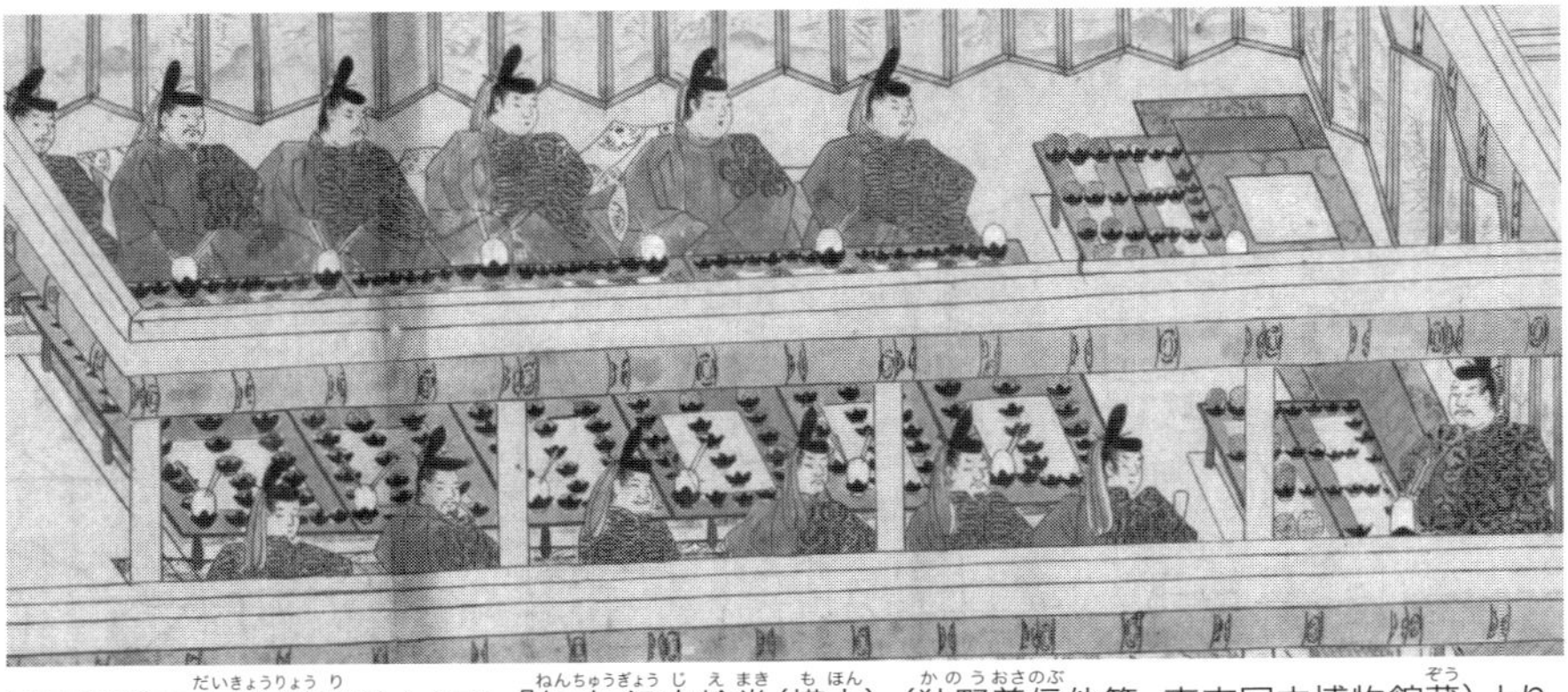

平安時代の大饗料理《だいきょうりょうり》のようす　『年中行事絵巻《ねんちゅうぎょうじえまき》（模本《もほん》）』（狩野養信《かのうおさのぶ》他筆　東京国立博物館蔵《ぞう》）より

日本人が発見した「うま味《み》」

心春《こはる》のおじいさんが話していた五味《ごみ》とは、舌《した》が感じる基本《きほん》の五つの味のことで、甘味《あまみ》、酸味《さんみ》、塩味《えんみ》、苦味《にがみ》、うま味を指します。じつはうま味は、日本人の池田菊苗《いけだきくなえ》が発見した「第五の味」なのです。

池田は一八六四年生まれ。帝国大学理科大学化学科《ていこくだいがくりかだいがくかがくか》（現《げん》・東京大学理学部化学科）で学び、ドイツやイギリスに留学《りゅうがく》したのち東京帝《とうきょうてい》国大学教授《こくだいがくきょうじゅ》になりました。池田は昆布《こんぶ》に、四つの基本味《きほんみ》（甘味《あまみ》、酸《さん》味《み》、塩味、苦味）とは異《こと》なる味があることを感じ、昆布《こんぶ》の味の成分について研究をはじめます。そして、この新しい味を「うま味」と名づけ、一九〇八年にうま味の主成分がグルタミン酸《さん》であることをつきとめました。

その後池田は、グルタミン酸《さん》の製造方法《せいぞうほうほう》を発明し特許《とっきょ》を取ります。これをもとに「味の素《あじのもと》」と名づけられたうま味調味料が発売されることになりました。

なお、うま味成分には、グルタミン酸《さん》のほかに、かつおぶしなどに含《ふく》まれるイノシン酸《さん》、干《ほ》ししいたけなどに含《ふく》まれるグアニル酸《さん》があり、これを三大うま味成分といいます。

池田が昆布《こんぶ》から抽出《ちゅうしゅつ》したグルタミン酸《さん》
（池田は具留多味酸《ぐるたみんさん》と表記した）
画像提供《がぞうていきょう》：NPO法人　うま味インフォメーションセンター

池田菊苗《いけだきくなえ》

世界に広がる和食

二〇一三年、「和食：日本人の伝統的《でんとうてき》な食文化」がユネスコ無形文化遺産《むけいぶんかいさん》に登録されました。ユネスコ無形文化遺産とは、形のない芸能《げいのう》や伝統工芸技術《でんとうこうげいぎじゅつ》について、国連の機関であるユネスコが、保護《ほご》や相互尊重《そうごそんちょう》の機運を高めるために登録する制度《せいど》です。日本では「歌舞伎《かぶき》」や「能楽《のうがく》」が登録されていて、和食はそれらと同じく重要な文化遺産《ぶんかいさん》と認《みと》められたのです。

和食の特徴《とくちょう》として、①多様で新鮮《しんせん》な食材とその持ち味の尊重《そんちょう》、②栄養バランスに優《すぐ》れた健康的な食生活、③自然の美しさや季節の移《うつ》ろいを表現《ひょうげん》した盛《も》り付《つ》け、④正月などの年中行事との密接《みっせつ》な関わり、が挙げられています。

近年、たくさんの外国人が日本を訪《おとず》れ和食を楽しんでいますし、海外では和食を食べることができるレストランも増《ふ》えています。和食は世界からも注目を集める日本の文化です。

海外の日本食レストランの数（2023年）

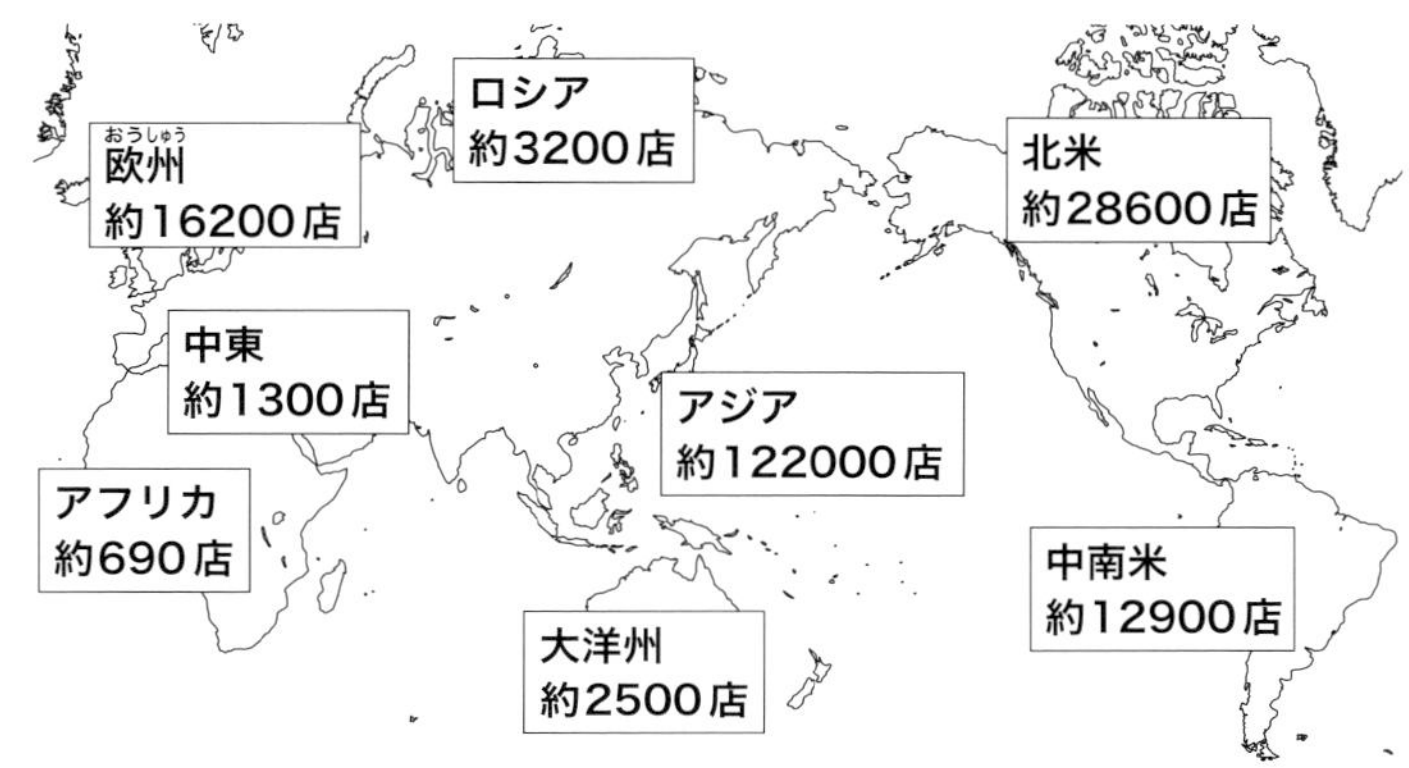

海外の日本食レストランは、約24000店（2006年）→約89000店（2015年）→約187000店（2023年）と年々増加《ぞうか》しています。

出典：農林水産省　輸出《ゆしゅつ》・国際局《こくさいきょく》

落合由佳｜おちあい ゆか

1984年、栃木県生まれ。東京都在住。法政大学卒業後、会社勤務などを経て、2016年、バドミントンに打ち込む中学生たちを描いた『マイナス・ヒーロー』で第57回講談社児童文学新人賞佳作に入選。翌年、同作でデビュー。ほかの著書に『流星と稲妻』『スポーツのおはなし　バドミントン　まえむきダブルス！』『天の台所』『要の台所』（以上、講談社）などがある。

井田千秋｜いだ ちあき

イラストレーター。書籍の装画・挿絵を担当する他、近年は漫画も制作している。装画・挿絵を手がけた作品に「ぼくのまつり縫い」シリーズ（神戸遥真／作　偕成社）、「森のちいさな三姉妹」シリーズ(楠章子／作　Gakken)、著書に『家が好きな人』（実業之日本社）、『ごはんが楽しみ』（文藝春秋）などがある。

参考資料

- 『マンガでわかる日本料理の常識』長島博／監修　大崎メグミ／イラスト（誠文堂新光社）
- 『知ると楽しい！ 和食のひみつ 世界に広がるニッポンの食文化』「和食のひみつ」編集部／著（メイツ出版）
- 『学校でつくれる！ 安全・安心クッキング(4)　わくわく！ イベント＆ごちそうレシピ』
  勝田映子／監修　大瀬由生子／料理（ポプラ社）
- 『和食とはなにか 旨みの文化をさぐる』原田信男／著（KADOKAWA）
- 『「和食」って何？』阿古真理／著（筑摩書房）

- 『専門職向け和食文化テキスト「和食育」』
- 『子育ての中のママ、パパ向け和食文化普及啓発冊子
  「～自然への感謝と祈りを込めて 家族を結び、未来へとつなげる～和食」』
- 『小学生用和食文化学習教材「君も和食王になろう！和食 BOOK」』
  以上、農林水産省 HP より
  https://www.maff.go.jp/j/keikaku/syokubunka/culture/index.html

おはなし日本文化《にほんぶんか》　和食《わしょく》

ぼくらのお祝《いわ》いごはん

2025年2月20日　第1刷発行

作　落合由佳《おちあいゆか》
絵　井田千秋《いだちあき》

発行者　安永尚人
発行所　株式会社講談社
〒112-8001 東京都文京区音羽2-12-21
電話　編集 03-5395-3535
　　　販売 03-5395-3625
　　　業務 03-5395-3615
印刷所　共同印刷株式会社
製本所　島田製本株式会社

KODANSHA

N.D.C.913 79p 22cm ©Yuka Ochiai / Chiaki Ida 2025 Printed in Japan ISBN978-4-06-537494-8

ブックデザイン／脇田明日香　コラム／編集部

本書は、主に環境を考慮した紙を使用しています。

VEGETABLE OIL INK